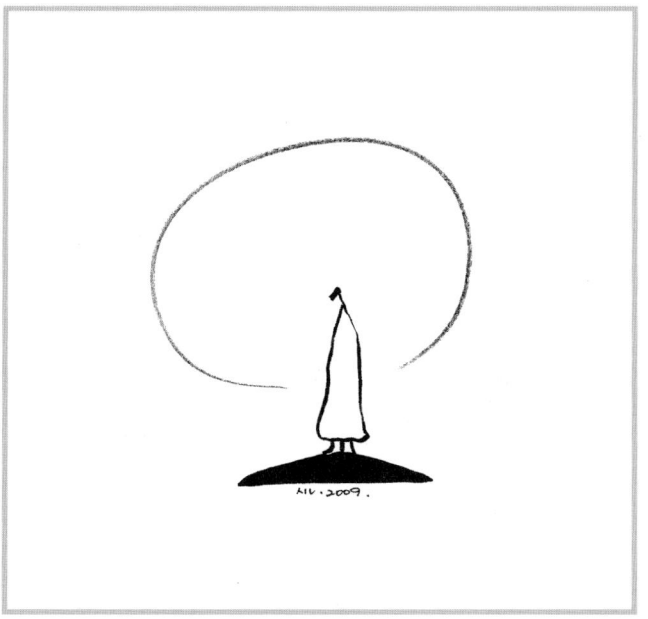

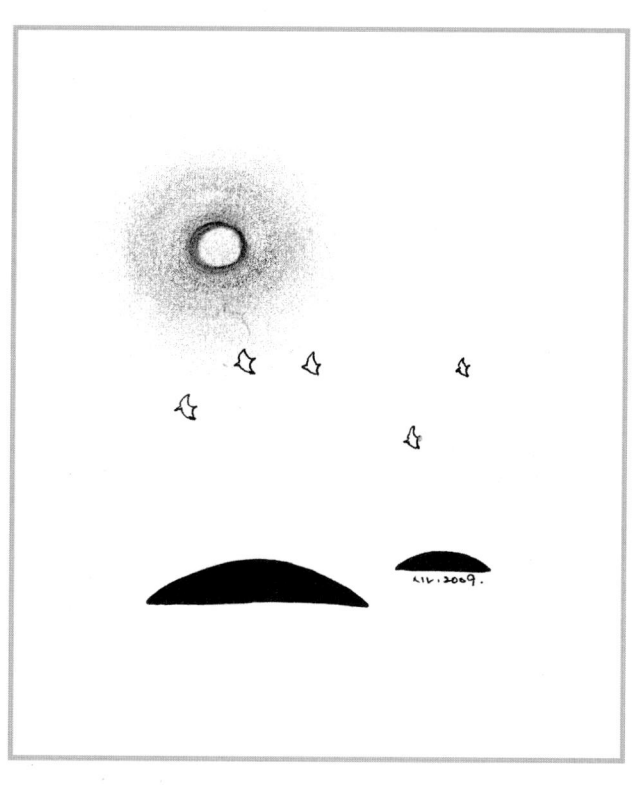

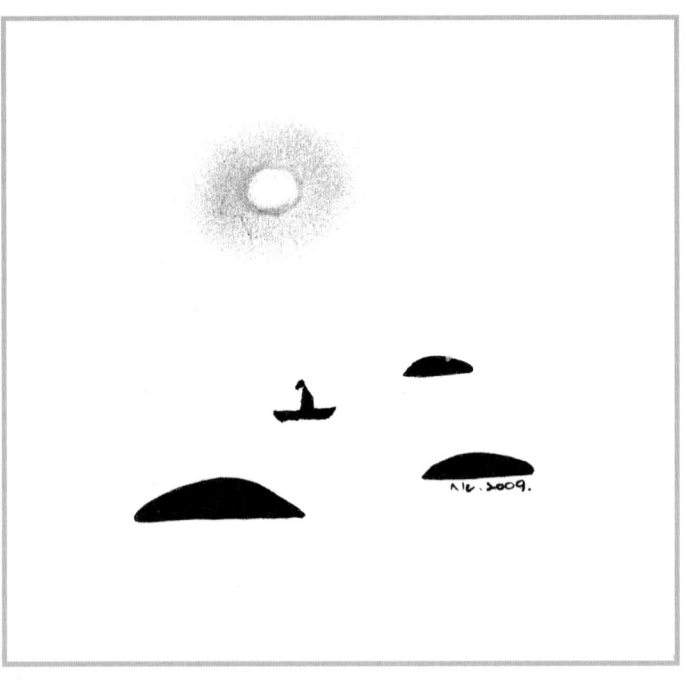

두고 온 안녕

두고 온 안녕

신형식 제3시집

미래문화사

아주 조금만
조금만
이제야 사랑을 조금은 알 것 같다.

꼭 껴안은 만큼
그 만큼
사랑은
조금은 아픈 거라고

2009년 6월
신형식

차례

2 · 아침에 핀 꽃을 저녁에 줍네

별 · 3

4 · 아이를 업은 남자

신발창이 벌어져도 히 하고 웃는 저 여자
자장면 한 그릇에 행복해 하는 저 여자
그녀 때문에 난 벙어리가 된다
시도 때도 없이 눈물이 된다
나보다 더 바보 같은 여자

1

바보 같은 사랑

그냥 이렇게 손 꼭 잡고
살았으면 해…
아기야… 아기야…

그 녀

삶에 지쳐
울고 있을 때
눈물처럼 날아온 새
나보다 더 아픈 사연을 숨기고
내 가슴팍에 둥지를 튼 새
그 새가
울고 있다
바보 같은 사람
자고 나면
견뎌낼 아픔인데
제 몫을 감추고
내 몫까지 가져간 사람
이젠 울지 말아야지
울지 말아야지
나대신 운 당신을 위해
이젠
빌려준 내 몫을
가져와야 할 시간
사랑이란 두 글자
내 안의
눈물 같은 새
그 녀

가을이 오면

가을이 오면
그대 코스모스
피어 있을까
세상의 절반은 여자라지만
내 녹슨 울음을
그대 아직 모른다
절반을 깨며 타 들어간
한 사랑을
그대는 모른다
가을이 오면
그대
세상의 첫 코스모스로
가을 한가운데에 서 계시겠다면
난
세상의 마지막 국화꽃으로
그대 곁에 피어있겠습니다

바보 같은 사랑

저기 저기 저 여자
싸구려 옷만 사 입는 저 여자
신발창이 벌어져도 히 하고 웃는 저 여자
자장면 한 그릇에 행복해 하는 저 여자
그녀 때문에 난 벙어리가 된다
시도 때도 없이 눈물이 된다
나보다 더 바보 같은 여자
한 사람의 바보가
또 한 사람의 바보를 사랑했기에
이별처럼 아팠었네
아무 것도 주지 못한 가난한 사랑 앞에
내 발톱을 깎는 여자
밥상을 차리는 여자
내 앞에 울고 있네
우리
바보 같은 사랑

결혼반지

아내가 운다
십삼만 원의 슬픔보다
깊은 울음으로
우리 사랑의 징표 팔려가던 날
벙어리 가슴으로
아내가 운다

내키지 않는 걸음으로
따라오던 그녀
창백한 바람 휘도는 길가엔
바람을 핑계로 감추던
아내의 눈물
체한 가슴으로
횅 하니 둘러본 시장
딸기 두 근과 도토리묵 한 모 속엔
아내의 눈물이 배이고
집으로 돌아와
일찍 잠을 청한 아내

젖은 이불
사이로
파란 달무리 하나

홀로
걸려 있었던 저녁

냉이꽃 당신

무작정 사랑한 여자가 있었습니다
햇살을 가득 안고 뛰놀던, 냉이 같은 여자가 있었습니다
전 그 냉이를 캐어 집으로 가져왔고
그 냉이는 잘 자라 주었습니다
이제 냉이꽃 피을 때
그 냉이를 캤던 곳으로 달려가
이 곳이 무작정 당신을 사랑했던
곳이었다고
냉이 같은 당신
당신에게 내 사랑을 전하려 합니다
냉이야
냉이야

바람에게 전하는 말

사랑하는 그대여
세상의 반을 뚝 잘라
저에게 가지라시면
당신께 드리겠습니다
세상의 반보다는
저에게 강물 속 깊은
눈동자를 주시고
야위어 흔들리는 자에게
기대어 우는 가슴을 주십시오
살다 살다
슬픔에 꽃 모가지 꺾던 이름들을 위하여
뜨거운 눈물을 주시고
순한 마을에
사랑의 잔뿌리 몇 개 주신다면
그 것만 가져가겠습니다

메마른 사랑

사랑을 부르지 마라
사랑은 이미 기차를 타고 떠났으므로
사랑을 부르지 마라
사랑이 빗속을 혼자 걸을 때
마지막 차표를 끊었음을 눈치 채야 했는데
사랑을 부르지 마라
떠나가는 사랑은 뒤돌아보지 않고 질주하는 법
사랑을 부르지 마라
메마른 가슴으로
사랑을 부르지 마라

연습

내일을 행복하기 위해
오늘도 난
죽어 가는 연습을 했다
사랑에 대해선 이별을 연습하고
삶에 대해선 방황을 연습했다
내 안에 항상 부는 바람은
고뇌의 깃발을 나부끼고
난 그 고뇌의 깃발 위에서
한 뼘을 더 나는 연습을 했다
추락하는 모든 것들 앞에서 숨 죽여 울었으나
웃는
연습을 하고
풀잎에 기대어
사랑의 동사로
흔들리는 연습을 했다

눈물꽃

만약에
만약에
당신 세상 떠난다면
난 당신 곁에 굶어 죽는
눈물꽃이 될지도 몰라
아침엔 당신 곁에 피었다가
그리움으로 뜨는 붉은 해
서편으로 기울 때
못 다 건넨 사랑
당신 무덤
꽃잎으로 덮고
저녁엔
당신 잠 깨지 않게
바람도 막아서는
눈물꽃이 될지도 몰라

후회

바람이 불면
갯가에서 울던 당신
파도타고 오실까

쓸쓸한 미소
여울지던 바다에
향기처럼 함박눈은 내릴까

그녀가 내게 준 사랑
그 것만을 쪼개어 사랑했어도
백년쯤은 사랑했을 텐데

조금만 더 아끼며 사랑할 것을
조금만 더 아끼며 남겨둘 것을

외로운 저녁
불어대는 겨울
타버린 가슴의 재는
바람의 언덕을 쓸면서 우는데

등뼈

보고 싶었지
순한 마을에서
정직한 땀방울을 흘리며 금방 달려온
사람의 등뼈를
이 고도孤島의 땅에서
머리로 쓰여지는 땅보다
가슴으로 쓰여지는 땅의 등뼈를
앙상히 읽혀지는
너의 등뼈를 보고 싶었지
그러나 안다
이 까마득한 어리석음 속에서
한 발자국도 빠져나올 수 없는
이 기막힌
슬픔을

12시에 떠나는 기차

보이네
당신에게서
모래알 같은
슬픔이 보이네
강물에 몰래 심은 사랑이
떠나가는 12시
저 멀리 기차를 타고 오는
이별이 보이네
이름만 들어도
눈물이 날 것 같은 슬픔
12시에
기차는 떠나네

비애

입맛이 없다고
삼백 원짜리 쭈쭈바 한 개
이백 원짜리 초코파이 두 개를 사먹는 아내에게
애들처럼 그런다고
철없이 그런다고
궁시렁궁시렁 대던 날
아내가 주섬주섬
먹던 초코파이를 거두며
설거지를 한다

니미
지는 하루에 담배 한 갑 반을 펴대면서
니미
지는 하루에 소주 한 병씩을 처먹어대면서
임신한 아내에게
아내에게

아내의 등 뒤로
하얗게
거미줄 치던 눈물

병

병 하나 들고 싶어
수펄처럼
단 한 번 사랑했으므로
기껏
한 목숨 내어놓는
사랑이고 싶어
그깟 사랑이 아닌
그런 사랑으로
발간 봉숭아를 물들이고 싶어
살며 사랑하며
그 아스라한 갈등 속에서
차라리 사랑했으므로
완전하게 죽어갈
병 하나
들고 싶어

2

내 화분의 두 송이 꽃
당신 꽃
아기 꽃
당신 꽃은 사랑이고
아기 꽃은 희망이랬지

아침에 핀 꽃을 저녁에 줍네

이젠 떠돌지 않아도 되겠지
여기 낮디 낮은 땅
아아 … 따뜻해 …

모기

빈손으로
집에 오던 날
아기에게
아무 것도 줄 것 없어
대신
잠든 아기 모기에 물릴까봐
한쪽 발
내놓고 잔 새벽
늦은 아침
벽 한쪽 구석에서
여기저기
빨갛게 솟은 아픔을
긁고만 있었어

아침에 핀 꽃을 저녁에 줍네

아침에 핀 꽃을
저녁에 줍네

내 화분의 두 송이 꽃
당신 꽃
아기 꽃
당신 꽃은 사랑이고
아기 꽃은 희망이랬지
아침에 빠이 빠이를 하고 나선 현관

"자기야 올 때 순대 좀 사 갖고 와 알았지?"
"그래"

친구의 사무실
자장면을 먹어도
꽃들이 생각나고
퇴근 무렵
삼천 원만 꿔달라 할까 말까
순대가 먹고 싶다고 했는데
과자라도 한 봉지 들고 가야 하는데
말 한마디 못하고
휑하니

돌아온 저녁

아침에 핀 꽃을
저녁에 줍네

영화처럼 우리 다시 만날 때

어딘가엔 살고 있을 테지
이젠 익숙해진
혼자 먹는 저녁도
체한 가슴으로 울컥이던 아픔이었지
살아 있으라
살아서 우연히
영화처럼 우리 다시 만날 때
처음엔 모른 채
저만치 길을 가다가
한 사람만
머뭇머뭇 뒤돌아서서
바라만 보기
눈 비비지 말기

남자도 가끔은

남자도 가끔은 거울을 본다
세상의 길모퉁이에
혼자 남겨졌을 때
남자도 가끔은 거울을 본다

세상과 맞서다가
눈물로 돌아온 새벽
남자도 가끔은
엄마가 보고플 때가 있다

남자도 가끔은 눈물이 된다
사랑했기에
무작정 뛰어든 강물 속에서
남자도 가끔은
숨어 우는 물고기가 된다

당신의 애인

난
당신의 애인이었습니다
사랑했으나
당신이 먼저 떠날까봐
내가 먼저 떠난다는 눈물을
당신이 남기기 전까지
난
당신의 애인이었습니다

난
당신의 애인이었습니다
꼭 한 번 만나자고
약속했던 카페
그 카페 쓸쓸히 나올 때
이별은 이곳에 묻고
당신은 가슴에 묻는다는 편지를
발갛게 읽어 내리기 전까지
난
당신의 애인이었습니다

난
당신의 애인이었습니다

언젠가
꼭 한 번은 만날 거라며
울며 울며
빗속을 뛰어가던 당신을
떠나보내기 전까지
난
당신의 애인이었습니다

아내의 식탁

아내가 혼자서 저녁을 먹는다
물끄러미 바라본
아내의 모습
혼자 먹는 식사에 익숙치 않은
아내의 식탁에
희미하게 여울지는
한 여자가 있다

모른 체 스쳐 지나다
실밥 터진 그녀의 겨드랑이 옷 사이로
가난한 여자의 슬픔을 보고 말았지

당신이라고 점 찍어둔 옷 한 벌 없었을까나
당신이라고 눈에 어리는 구두 한 켤레 없었을까나
식탁 모서리에 가슴 박힌
한 남자
당신을 외면하고 말았지

아내야
아내야
당신의 가난을 덜어 내 몫에 더하려고
바람을 헤매이다

가슴만 패이던 그 날
당신은 알았을까
담 밑 패랭이꽃
여울지던 이슬 한 방울
아내야
아내야
이다음에 죽어서
우리 다시 만날 수는 있을까
차라리 못 본 체 고개 돌려 지날까
당신 가슴에
슬픔 한 줄씩 긋고 있는 나는

아내야
아내야

아내가 혼자서 저녁을 먹는다

일주일간의 이별

그랬던가요
우리 일주일만 헤어지자고
당신이 그랬던가요

우리 사랑
가까이 다가서면
재로 남을지 모른다고
일주일만 헤어지자
당신이 그랬던가요

무슨 일이 있었던가요
당신의 일주일은 흔적도 없고
나의 일주일은 여기 남아 있는데
아직 우리 일주일간의 이별은 유효한 건가요

생각할까요
먼저 이별을 준비한 당신과
어차피 보낼 사람이면
서둘러 보냈어야 했던 당신을 떠나보내지 못했던 나를

잊기는 잊어야 하겠지요
그러나 사랑이여

당신과 나의 이별을 맞바꿀 때까지
우리 이별은 무효입니다

너

너를 그린다
바람에 꺾여지는 꽃보다
타인에 꺾여지는 슬픔이 진하단 말을 남기고
빗속을 달려가던 너
사랑은 떨어져 있더라도
땅 속 깊은 물이 되어
다시 만난다는 거짓말을
그대로
믿어버린 너
전화를 할까 말까
행복해야 하는 너와
너를 기억하고 있음으로
더욱 외로운 나
빨아도 빨아도
지워지지 않는 너를
그린다

그리운 사람

창밖엔 바람
문틈 사이로 그대가 보인다
행복했던 날들보다
쓸쓸했던 날들
더 많았던 사람
사람의 날들을 사랑했으나
상처만 추스리던 그 날
부디 상처의 뼈가 마르거든
눈물처럼 돌아오겠다던 사람
세상을 다 주어도
누운 만큼만 가져간 그대야
세상의 반쯤을 돌아도
철없이 외로운 날
나 이렇게 웅크리고 있는데
사람아
혹시 당신 못 오시거든
당신이 피운 창밖의 꽃
내 안에 심어도 된다고
편지 한 장 주세요

당신인 줄 알았습니다

당신인 줄 알았습니다
우리 처음 만난
그 카페의 자스민 향기
당신인 줄 알았습니다

혹시 내가 알아차릴까
신호처럼 귓불 당기는 낯익은 웃음
당신인 줄 알았습니다

몇 번씩은 서로 몰래 훔쳐봤을 것을 알면서
괜히 화장실을 왔다 갔다
들뜬 가슴으로 커피 잔을 들었다 놓았다가
당신인 줄 알았습니다

그 카페의 자스민 향기
이슬처럼 내릴 때
누가 먼저 나갈까 엿보던 우리
당신 먼저 떠난 뒤에
나도 떠났습니다

오늘 아침
우편함에 편지 한 통

추억은 당신이 가져가시고
이별은 내가 가져갈 테니
편히 가시라던
당신인 줄
당신인 줄 알았습니다

이별 그 후

울 엄만 혼자 울었지
그 게 더 가슴 아팠어
만약 엄마가 외롭다고
소리쳤으면
난 덜 아팠을 거야
그러니까 나도
소리치지 마
이별의 나무에 너무 오랫동안 걸려 있었다고
내 사랑의 주민등록주소는 새까맣게 타버린 민둥산이라
고
고래고래 소리치지 마
그깟 이별 때문에
사랑에 결빙의 빙점을 찍겠다고
다시는 소리치지 마
사랑은 씨발
영원한 거야

짚

짚이 쓰러진다
빈 몸으로 쓰러진다
죽어서도 다시 사는 빈 들에
짚이 쓰러진다
살아서도 까끄라기인 이름과
죽어서도 썩지 못한 이름 앞에
짚이 쓰러진다

젖을 떼는 여자

아기가 운다
젖을 떼는 한 여자
그 여자 뒤에
한 남자가 있다

백일이었을까
무너지는 가슴으로
젖을 떼는 여자

우지 마라 아기야
엄마가 슬퍼한단다
엄마가 아파한단다

편한 마음으로
문밖을 나서게 해주렴

꾹 참고 견디면
눈물도 무지개로 필 때가 있단다
아픔도 추억으로 내릴 때가 있단다

오늘의 슬픔은 기억하지 마라
우리의 가슴은 베이었으나

너를 사랑하였다

구인광고 뒤적이던
11월 아침
눈물 젖은 아기침대

강아지풀꽃

점심나절
잠깐씩 얼굴 비추고 가는
아내의 품을
울며 보채는 아이
아기를 업고
집 근처
수로를 걷는다
아이야
네 엄마 가슴에 긁혔을 상처
나 차마 면목 없어
이렇게
마냥 걷고 있어야
아이야
나
저기 저 갈대 숲 사이
네 엄마에게 건네줄
내 가난한 사랑
스물여섯 송이
강아지풀꽃을 뜯는다
아이야
네 철들면
엄마 나이만큼의 강아지풀꽃

네가
뜯어 줄 수 있을까
엄마 손가락에 끼우던
가난한
내 사랑을 지우며
네가
꽃반지 끼워 줄 수 있을까
찬바람
눈 아팠던 저녁

아내와 아기와 그리고 나

별과 별이 사랑해서
작은 별 하나
수놓았네

아기 울 아기
작은 별 아기야
세상의 모든 의미로 선
내 하나의 꽃이야
엄마랑 아빠랑 강변에 살자
누가 물어도 그리운
목숨으로
엄마랑 아빠랑 강변에 살자

한 때는 달이었으나 별이 된 여자
내 안의 여자야
세상의 모든 이름보다 향기로운
내 하나의 사랑아
아기랑 나랑 강변에 살자
보고픈 얼굴
눈 코 입 그리며
아기랑 나랑 강변에 살자

머언 기억처럼 빛나는 별 하나를
저에게 주십시오
꼭 한 사람만이 볼 수 있고
꼭 한 사람만이 사랑할 수 있는 별
그 별을 제게 주십시오

3

별

엄마… 엄마 … 엄마아 …

그 어느 날 오후

아이를 안아보니
가볍다
너무 가벼워서
가벼워서
뺨 부비며
한참을 눈 비비던
오후

코 고는 아내

안다
안다
니 맘 다 안다
세상의 각진 골목길을 돌다가
긁혔을 가슴에
이불 하나 덮어주지 못한 사랑
안다
안다
밤새
코로 우는
니 맘 다
안다

울보

남자가 울보면 되겠냐고
바보같이
쪼다같이
남자가 흔들리면 되겠냐고
병신같이
머저리같이
남자는 모름지기
눈물 보이지 말고
남자는 모름지기
강해져야 된다고
그런 거라고
그래져야 된다고 말씀하시던
당신을 피해
좆 나게 울었습니다
술을 핑계로
집 모퉁이 혼자 몰래
대책 없이 울었습니다
사랑이 갈라지고
사람마저 갈라진 세상의 틈바구니에서
씨발
좆 나게 울었습니다

기도

- J와 J의 아내를 위해 바치는 시

어쩌다 당신
바보처럼 우는지
나보다 살아야 할 이유 많은 당신
먼저 가면 안돼
아기와 나 여기
당신 곁에 있는데
당신
먼저 가면 안돼
나보다 행복해야 할 당신이었는데
하늘의 별을 다 준다 해도
지상의 꽃을 다 준다 해도
단 하나의 당신
먼저 가면 안돼
하느님
이 사람은 무죄입니다
사랑이 죄라면
차라리 저를 거두어 주시고
절 사랑한 이름보다는
사랑에 게을렀던 나를
데려가 주십시오
아내야
아내야

먼저 가면 안돼
정말이지 안돼

별

주여
하늘의 별 중에
세상에서 가장 빛나는 별은
당신이 가져가시고
머언 기억처럼 빛나는 별 하나를
저에게 주십시오
꼭 한 사람만이 볼 수 있고
꼭 한 사람만이 사랑할 수 있는 별
그 별을 제게 주십시오
하늘과 땅 사이
오직 한 사람만을 사랑하다가
목숨처럼 사라지는 별
그 별을
제게 주십시오

외톨이 풍금

바람이 불면
풍금이 되는 여자와
바람이 불면
외톨이가 되는 남자가
사랑을 했네
여자는 외톨이를 위해
풍금을 울리고
외톨이는 풍금을 위해
여자를 들었네
사랑은 껴안는 거라고
그래서 조금은 아픈 거라고
풍금이 울리네
바람 불던 날
풍금 속으로 들어간 남자와
외톨이가 된 여자가
저기 저기
외톨이 풍금이 되었네

섬

기다리는 중입니다
바람에
뼈만 남기고
엎드려 우는 중입니다
사람의 땅을 찾아 울던
당신처럼
나도
아프게 기다리는 사람입니다

첫사랑만큼만

첫사랑만큼만
첫사랑만큼만 살자
꿈같이 피었다가 꿈같이 져버린 사랑
엄마야
누나야
우리 그냥
첫사랑만큼만 살자
그냥 따스했고
그냥 아름답던 사랑
사랑도 서툴고 이별도 서툴었지만
우리는 그냥
가슴에 꾹꾹 찍어 누른 눈물처럼
그냥 그냥
첫사랑만큼만 살자

종착역

어떤 이는
이별의 역에서
어떤 이는
사랑의 역에서 내리지만
인간으로 못 박히는 역을 향해
난 이 밤을
눈물로
달려가고 있다

눈사람

눈 덮인 길을 걸으면
뽀드득 뽀드득
삶의 무게만큼 울음도 컸었던가

한 번은 사랑으로
한 번은 이별로
한 번은 만남으로 굴렀던 시간

아직은 미숙한 삶의 두께이기에
또 한 번 굴러야 될 시간과
사연의 길목에서
난 얼마나 더 굴러야
각진 나를 깎으며
저 침묵의 길에서 웃는
눈사람이 될까

구르고 굴러서야
사람으로 서는 눈사람

눈이 내린다
하얀 눈사람

두고 온 안녕

나는 간다
잘 있거라 슬픔이여
서툰 사랑이여

머언 기억처럼
우리 그랬었던가
사랑은 너에게로 다가가 부서지는 거라고

아카시아 꽃잎 떨어져 울던 그 길목에서부터
여기까지
상처는 지워졌어도
발자국 오오래 머물러 있는 그대여
우리 처음 만나던 곳
슬픈 안녕 몰래 심었으니
누가 먼저 그립거든
추억으로 와서 읽을 일

사랑이여
나는 간다
눈물로 쓴 너를
지우며
낯선 이별에게로 간다

사랑이여
두고 온 안녕이여
부디
키스 앤드 세이
굿바이

첫눈

눈이 내린다
강물 속에 숨어 울던
첫사랑이 내린다
하얀 겨울에 만났다가
하얀 겨울에 떠난 사랑
눈 내리면
우리 사랑
눈꽃으로 피어 있걸랑
한 잎은 당신이 추억으로 가져가시고
한 잎은 내게 눈물로 보내시라던
당신
눈이 내린다
하얀 이별 속에
돌아갈 길이 없다던 당신처럼
수북수북 내린다

해바라기

저 년 저 년
저 년 좀 봐
누굴 얼마나 사랑했길래
해만한 그리움을
똥글똥글
품다가
새까맣게 타버린 저 년
저 년 좀 봐

상처

이제 눈물을 섞어 그리던
고독의 크레파스는 닳았으므로
그을린 가슴으로
저 강 건너 아름다운 땅을 참혹하게 불러대던 기억과
수많은 달을 물어뜯던 나를 지운다
내일
고독은 눈물을 필요로 하지 않을 것이며
눈물은 고독의 크레파스를 섞지 않을 것이다
그러나 난
마지막
오늘 하루
고독했던 나를 새벽이 올 때까지 울 것이다
상처

아이를 업은 남자

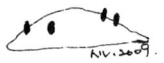

섬 하나
섬 둘
섬 셋
섬 넷…
우린 서로 누구에게나 섬이다

빈집

빈집만 두고 가겠습니다
맨발로 걸어가야 닿을 수 있는
당신에게로
빈 몸으로 가겠습니다
바람은 꽃의 뺨을 때리는 데 익숙하지만
꽃은 바람의 뺨을 때리는 데 익숙하지 못하였으므로
창밖에서 울던 꽃
그 꽃의 서러움을 대신 울어주던
이름으로 가겠습니다
빈집만 두고 가겠습니다
누군가 울어야 할 일 꼭 한번쯤 있거든
마음껏 울다 갈 빈집
저만치
열어놓고 가겠습니다

가난한 사랑

며칠 동안 앓아 누운
심한 몸살

몸을 추스려
잠자는 아기에게
살며시
뽀뽀를 한다

아가야
혹시 나 먼저
저 하늘의 별이 되거든
너는 나를
기억할 수 있을까
행복했던 시간에도
미안했던 웃음을
차마 너는 눈치 챌 수 있을까

사랑은 사랑으로만 쓰는 것이 아니었는데
아무 것도 줄 것 없는 난
차가운 네 젖병 들고
머리맡을 지키고만 있구나

어제 네게 준 사랑을
오늘의 눈물로 지웠다가 다시 쓰고
다시 지웠다가
쓰는
이 아픔을

아가야
비록 보잘 것 없는 사랑이었으나
아빠 널
사랑하였다

아가야
아가야

이게 내 사랑이래

눈물은 섞을 수 있으나
가슴은 쉽게
섞을 수 없었던 땅
사람과 사람을 껴안고
죽고 싶던 날들 수많았던 기억들
철없이 사랑한 세상이었다
사랑은 맨발로 다가서는 것이 아니었는데
다가서는 연습이 부족했던 난
패배한 사랑을 안고
얼마나 이 악다문 상처였는지
배반의 짱돌을 맞으며
뼈만 추스리며 집에 오던 날
엄마
엄마
이불 속에서
엄마...엄마...
이 게 내 눈물이래...
이 게 내 사랑이래...

나무

너와 내가 이렇게 떨어져 있는 이유는
얼마만큼은 적당한 거리에서
서로를 그리워하기 위함이다
우리 서로 하고픈 말은
땅속에 묻어 두었으니
깊이깊이 더듬어 볼 일
저만치 그리운 사랑이여
내가 그리울 땐
말없이 흔들리고 있을 것
나도 너를 향해 흔들리고 있을 테니
우리가 자라난 곳은 둘이었으나
하나의 땅과 하늘을 준 것은
한 번 뿌리 내리면 죽을 때까지
사랑하며 살라는
하늘의 뜻이었음이다

막차로 떠난 여자

아이가 논다
심심한 아이가
심심한 남자 앞에서 논다
아무 여자보고
엄마라고 부르는 아이
아무 남자보고
아빠라고 부르는 아이
아이가 논다

엊그제 아이의 생일날
겨우 달포쯤 떨어져 있었을 뿐인데
지 엄마보고
대뜸 내게 달려오던 아이
아이를 안으려던
아내의 젖가슴이 아팠다

아이가 논다
잠든 사이
몰래 떠나가던 엄마가
지 뺨에
떨리는 입술을 눈물로 찍어놓고 간 줄도 모르고
아이가 논다

현관 계단 밑에서
한참을
앉아 있던 여자
말이 없던 여자

아이야
넌 보았을까
막차로 떠난
한 여자의 눈물을
막차로 떠나보낸
바람의 상처를

사랑과 이별의 서序

사랑은 이해하는 것이 아니라 용서하는 것이었음을
한 잔의 술을 마시며 난 웃어버렸다
술잔엔 꽃잎 떨어지고
혼자 살아도 서럽고
둘이 살아도 서러운 세상의 길모퉁이에서
날 키워준 바람이 운다
얼마나 더 사랑하고 용서해야
연체된 내 그리움을 되받을 수 있을까
외로운 사랑이었다
인정하기 힘들었던 이별을 용서한 어제의 나는
어디서 울고 있으며
오늘의 나는 내일의 어디쯤에서 흔들리고 있을 것인가
남아 있는 자의 몫으로 남겨진
내 하나의 사랑을 껴안고
몹시도 아득했던 아픔
저 멀리 고독의 땅에서 불어온 바람을 맞으며
난 잠시 울기로 했다
아주 조금만
조금만 더
울기로 했다
떠나가는 자의 눈물에 앞서
떠나보내는 자의 눈물을 잠시

바라보기로 했다
부디 떠나가는 자
아무 별이나
아무 땅에서나 살아 있으라
살아서
살아서
인생은 추웠으나
그래도 눈물은 따뜻했던
한 남자의 생애를
그대는 부디
용서하시라

아이를 업은 남자

아이를 업고 나서는 길
어색하고 쑥스러워
한참을 서성이던 길
가슴 패이는 바람을 꺾으며 들어선
시장골목
두부 한 모와 콩나물 오백 원어치
아야
아야
나는 나는
너를 업고 갈 테니
너는 너는 쑥쑥
콩나물처럼 건강하게만 자라서
쑥쑥 키 크는 가슴으로 자라서
그렇게
그렇게만 자라서
나 언제
바람에 뼈만 남기거든
아빠 세월 묻지 말고
그냥 그냥
한 번만 업어주면 안될까
아야
아야

아이야
아이야

슬픈 계절

누구나 한 번쯤은 맞이하는 이별이었으나
사랑했으므로
난 좀 더 외로운 쪽에 서 있기로 했다
둘 다 행복을 빌었으나
둘 다 행복할 수 없다면
어느 한 쪽이
외로운 쪽으로 비켜 서 주면 될 일
할 말은 묻어둔 채
짧게 끝난 이별이었다
한 사람은 집으로 간다지만
또 한 사람
어디로 가야 하나
상처는 쉬이 잠들지 못하고
차라리 담담했던 계절
당신 손길 하나를
반쯤은 지우고
반쯤은 다시 그리면서
그렇게 한나절을 지워나간 이별이었고
지워지는 당신보다는
지워지는 우리가
지워지는 우리보다는
지우는 내가

몹시도 아픈
계절이었다

난 너의 눈물 되어

아이가 운다
술 취한 가슴에
한 아이가
운다
철 지나 고개 내민 풀잎들이
계절이 비껴간 슬픔으로
석양에 물들던 가을
한 뼘을 더 나는 연습보다
한 뼘을 더 걷는 연습을 해야 했던
한 남자가
젖는다
아이야
아이야
넌 우지마라 아이야
어차피 인생의 절반은 오해받고 사는 길
우지 마라 아이야
나의 별
나의 새
아이야
아이야
눈물은 다시 새처럼 날아오르는 법
난 너의 눈물 되어

낮은 데로 임할 테니
너는 너는 새가 되어
아빠보다 한 뼘을 더 날고
한 뼘을 더 솟고
아이야
아이야

외출

어머님이 우신다
아이를 데리고 놀러 간
토요일 오후
포도향 짙게 깔린 거실에서
어머님이 우신다

내 육십만 됐었어도
내가 대신 지켜줄 텐데
십 년일까 오 년일까
저 어린 새끼 새끼를 두고서
내 갈 날
생각하니
무너진단 당신이
우신다

에미 떠난 체온
그 아이가 맺혀서
나 차마 눈감을 수 있을까
그렇게
그렇게
어머님이 우신다

제가 잘 키우면 되지요
되지요
그 말
한 마디만 남기고
이별처럼
하얗게
돌아왔던 밤

어머님 죄송합니다
무식하고 무식해서
사랑에 서툴렀던 저를
용서하십시오
어머니

사진을 보며

몇 장이었을까
한 줌은 태워버리고
한 줌은 너에게 보내는 사진들
같이 살았던 날에도
실밥 빠진 겨드랑이 사이로
넌 아이와 함께 웃고 있었으라
고맙다
가난했던 사랑에도
웃어준 네가
고맙다
네 옷가지와 속옷들을 싸면서
네 신발과 사진들을 챙기면서
흔들렸던 시간들
사람아
여기 낯설어진 사진과
여기저기 널려 있는
이 몇 편의 사연들을
나는 나는
묻어둘 테니
너는
너는
까맣게

까맣게
지워주길 바래

모두로부터의 이별

행복해야 해
이제 나도
행복해야 해
왜 난 막다른 골목에서
혼자서 울었던가
사람에게서 사람냄새가 안 난다고
매일 매일을 울었던 기억
나 이제 행복해야 해
한 번만
딱 한 번만 더 울고
나 부디 행복해야 해
모두로부터 이별하여 혼자가 되고 싶던 오늘
편지 한 장을
받고 싶어
보고 싶단 네 글자
단 네 글자만 쓰인 편지 한 통을
받고 싶어
울컥울컥
젖어 오는 밤

혼자 걷는 연습

일부러
모른 척했던
이른 새벽
조금씩은 혼자 서야 하기에
잠시 외면했던 아이
그 아이가
불 꺼진 거실에서 운다
망설이다
망설이다
한참을 망설이다
꼬옥
꼬옥
으스러지게
껴안았던 아이

낱알

아이와 함께 메뚜기를 잡으러
논두렁을 헤집던 날
뒤꽁무니 잘도 따라오는 아이가 신기하고
깨물어주고 싶어서
헤헤 웃고
내 마음 익어 가는 시월이었다
살수록 사랑은 낯설고
진실도 낯설었지만
조용히 물든 가을의 풍경들과
메뚜기처럼 뛰노는 너를 보면서
부풀려진 세상의 바깥보다는
안쪽에서
꽃은 아름답게 피워왔음을 안다
계절은 안쪽에서 더욱 아름답고
곱게 물들어 갔음을 안다
그렇다면 아이야
우리도 그냥
이만큼만 살자
세상에서 우린
조그만 낱알들이었지만
낱알만큼 낱알만큼
우린 우린

꽉 차인 가슴으로
이만큼만 살자
아이야
아이야

울며 잠든 아이

아이야...
아이야...
밤새...
밤새...
엄마...
엄마...
울며 잠든...
아이야...

재회

보고 싶어
보고 싶어

아이가 보고 싶단
말이 걸려
서걱서걱 찾아갔던 길

길 하나를
사이에 두고
이층 창가에서 마주 본
너

아내야
너는 알까
아무 여자 품에
안겨 자던 아이를

소주를 마시며 얼핏 본
너의 티셔츠
꺼풀이 숭숭 일어난
너의 티셔츠를 보면서
하얗게

까맣게
취해버린 새벽

혹시 아이 울까봐
화장실 갔다 온단 말
뒤로 남긴 채
몰래 숨어
길섶
바람에 흔들리던 꽃잎으로
작별인사 대신하던 날

아이는 지금도 네가
화장실에 있는 줄 안다

아내야...
아내야...
부디
잘 살고
죽어서 다시 만난다면
이런 슬픈 이별 없기를

아내야...

아내야...

나 오늘 이만...가야해

두고 온 안녕

지은이 | 신형식
펴낸이 | 임종대
펴낸곳 | 미래문화사

찍은 날 | 2009년 7월 10일
펴낸 날 | 2009년 7월 15일

등록 번호 | 제3-44호
등록 일자 | 1976년 10월 19일
주소 | 서울시 용산구 효창동 5-421
전화 | 715-4507 / 713-6647
팩시밀리 | 713-4805
E-mail | mirae715@hanmail.net